だいわ文庫

世界でいちばん孤独な夜に

寺山修司のことば集

寺山修司

大和書房

The loneliest night
in the world.

★

Shuji Terayama

世界でいちばん孤独な夜に
寺山修司のことば集　目次

一、ひとりぼっちの夜

孤独、少女、わたし、涙、人形、鏡

孤独

世界でいちばん孤独な猫と
ぼくは仲良し
世界でいちばん孤独な雲に
ぼくは乗りたい
世界でいちばん孤独な夜は
きみのいない夜
きみの名前は愛
きみの名前は自由

なぞなぞ　たてろ
同じ鳥でも飛ばないとりはなあんだ?

それはひとり　という鳥だ

——壜の中の鳥

孤独という名の猫は、ミルクが好きだ。
だから、ぼくはミルクの詩をたくさん書くのだ。だが、孤独という名の
猫は、詩の中のミルクをのむことができない。ぼくが、いつでも邪魔を
するから。

——少女のための恋愛辞典

ああ
飛行機
飛行機
ぼくが
世界でいちばん
孤独な日に
おまえはゆったりと
夢の重さと釣合いながら
空に浮かんでいる

――まだ思い出だった頃

――一本の長いたてがみを切って、それをいつも定期入れにしまっている私の孤独。

――友だち

手は勝手に書いていた
足は勝手に踊っていた
とりのこされた
あたしはひとりぼっち

夜になっても眠れない

――踊りたいけど踊れない

さみしいときは猟銃で
あの青空を撃ってやれ
逢いたいときは猟銃で
流れる雲を撃ってやれ

――猟銃のパンチ

なぜ、いつまでもひとりぼっちなのだろう。
なぜ、月はあんなに遠いのだろう。
なぜ、モミはやってきたのだろう。
なぜ、ぼくは幸福について考えたりするのだろう。
なぜ、こんな内緒話を打ちあけてしまったのだろう。
ああ、なぜ、詩なんか書くのだろう。
この答をさがすためにはぼくはあまりにもさみしがり屋すぎるようです。

——樅の木と話した

だれかが夜を呼んでいる。
でも夕暮ばかりを好むのは、あなたの若さのせいなのです。

——あなたのための人生処方詩集

都会の夜は交響楽のように孤独に点滅する。点滅はまさに闇だ。

――センチメンタル・ジャニー

「あたし、電球が寿命がきて、ひとりでにすうっと消えるところ見たいのよ。まだ生まれてから見たことないの。……でも、スイッチのせいじゃなくって、すうっとひとりでに消えるところを見たら、なんかこう、満たされるみたいな気がするの」

――十九歳のブルース

私たちは百年前と比べて百倍もの「隣人」を持っているくせに、友情などというものに、ロマンチシズムを感じないようになってしまっている。だれでも心のなかに無人島を持っているからである。

——ぼくが戦争に行くとき

どうかどうかどうか、この世で歌ったことのないくちびると孤独な歌との出会いのチャンスをつくってください。この笛《ふえ》の曲の楽譜《がくふ》がほしい人は、お便《たよ》りください。この世には、歌ったことのないくちびると孤独な歌がいっぱいあります。

——くちびるの城

生まれたのが四月だった
学校へあがったのも四月だった
母親が死んだのも四月だった
桜の咲いたのも四月だった

手紙を書いたのも四月だった
スポーツカーを買ったのも四月だった
さみしくて海を見にいったのも四月だった
見合いしたのも四月だった

四月はいっぱいあったが
私はいつまでも一人だった

――ぼくの人生処方詩集

女の子は、夜が嫌《きら》いでした。昼のあいだは日がさしこんで、小鳥のさえずりが聞こえて、気がまぎれていましたが、夜になるとさみしくてたまらなくなってしまうのです。

——四つの愛の物語

死人の友達がいないのは、いささかさびしいことだ、と私は思った。しかし、死人の友達を必要としていることの方が、もっとさびしいことなのである。

——口寄せ

言葉を友人に持ちたいと思うことがある。それは、旅路の途中でじぶんがたった一人だと言うことに気がついたときにである。

——ポケットに名言を

少女

しあわせ、それともふしあわせ?
少女は両手をあげてみた
空に五月の風が吹く

——HAPPY DAYS

1

だれかが
水の中でピアノをひいている
だから川の近くを通るとき
少女はいつでも踊りだしたくなるのです

2

少女は
天文学が好きでした
じぶんが目をつむると空に星がかがやき
少女が目をあくと
空の星が消えてしまいました

3

だから
どうか星を撃たないでください
少女は盲目になってしまいます

4

少女にしゃべることを教えてくれたのは
腹話術師のおじさんでした
おじさんはペテン師でした
おじさんの教えてくれたのは
「いくにみんばちいがえまお」ということばでした
いくにみんばちいがえまお
エチオピア語ではありませんでした
フランス語でもありませんでした
スペイン語でもありませんでした
ギリシア語でもありませんでした

どうぞさかさに読んでみてください

5

ピアニストを撃て！
少女の母親が死んだ日もあの曲がきこえました
少女の父親が死んだ日もあの曲がきこえました
少女が学校で叱られた日もあの曲がきこえました
少女が少年に心をうちあけて　わらわれた日もあの曲がきこえました
少女はピアニストを撃てとつぶやいて
じぶんの耳にピストルをあてました

6

ダーン！

7

父の探偵はロバを尾行していったきり
とうとう帰ってきませんでした
少女は一日中　鉛筆で
地平線をかいていました

8

一人の彫刻家が　壁に
「この七つの文字」とかきました

少女が数えると　字の数がちょうど七つでした
それから少女は
「この八つの文字」とかきました
こんどは数えると一字足りませんでした

その
足りない一字だけが
少女のかなしみを知っているのでした

9

少女はとても上手に飛行船をかきました
でも
その飛行船に乗ることはできませんでした

（どうしてもこの飛行船に乗りたい）
と一日中なやんでいましたが
とうとう消しゴムで消してしまいました

10

ばかだねえ
その飛行船と一緒に
乗っている自分をもかいてしまえばよかったのに！

11

夢の中で
大きなイルカを釣って
目がさめてから海へ返しにいこうとしたけど

イルカが見つからない
もう一度イルカを釣りにいきたいのだけど
少女には
同じ夢の入口がどこにあるのか
わからないのでした

12

これでおしまいです

――水妖記

少女のための尻取りゲーム

どくやく
くだものないふ
ふとりすぎたおおかみ
みどりいろのめがね
ねこごろしのぴあにすと
とりのす
すみすきょうだい
いちじくのしるでよごれたぼうし
したい
いちばんれっしゃ

——水妖記

三人姉妹
あしたはみんな嫁にゆく
一人はチョコレートにまたがって地獄へ
一人はマロングラッセを抱いて魔界へ
一人ははだかのままで夜の国へ

——ぼくの作ったマザーグース

姉が血を吐く
妹が火吐く
謎の暗闇　壜を吐く
壜の中味の
三日月青く
指でさわれば　身も細る

——「惜春鳥」

少女は壜の中にかくれている
しゃがんで目かくししていると世界中の音がきこえる

——水妖記

女の子のくちびるは、
まだ生まれてから一度も口笛を吹いたことのないくちびるでした。
まだ生まれてから一度も硝子に押しつけたことのないくちびるでした。
まだ生まれてから一度も花をくわえたことのないくちびるでした。
そしてもちろん
まだ生まれてから一度もキスしたことのないくちびるだったのでした。

——間奏曲毒薬物語

小指がいないとさみしいものだ
役に立たないものは　愛するほかはないものだから

――水妖記

海が La Mer で女性名詞だと知ったとき、ぼくは海の中に何か年上の女のようなやさしさを感じたものだったが、――それならば風はたぶん少女だろう、と思ったものだ。

――センチメンタル・ジャニー

旅をしてみる、新しい歌をおぼえてみる、ちょっと風変りなドレスを着てみる、気に入った男の子とキスしてみる、寝てみる、失恋もしてみる、詩も書いてみる――一つ一つを大げさに考えすぎず、しかし一つ一つを粗末にしすぎない。

――ぼくが狼だった頃

引き算の問題
鳥籠から鳥を引くと籠がのこる
法王庁から馬を引くと週末がのこる
寝台から昨日の女を引くと髪の毛がのこる
東支那海から虎を引くと阿片がのこる
三人から一人を引くと後悔がのこる
少女からぼくを引くと
なにものこらない

——水妖記

「きれいはきたなく　きたないはきれい」
少女は思いきって夜泳ぐ

——水妖記

少女と人形と娼婦とは、本来同じものである、と書いたことがある。それは、僕にとってほとんど内密さの無限性をもった謎であり、世界遊戯の対象であり、エロチシズムの本質にかかわる存在なのだ。

もし、少女の反対語をさがすならば、それは「少年」ではなくて、「母親」だということになるだろう。

——月蝕機関説

わたし

スクスク　のびろ青い麦
スクスク　燃えろあたしの血
スクスク　はえろ　雲雀の翼
スクスク　スクスク　あたしの夢

——星のない夜のメルヘン

恋をするのは忘れること
小鳥や　家や　あなたを忘れること
忘れなければ　歌はない
わたしの歌が　わたしの明日よ

——はだしの恋唄

「人生は、どうせ一幕のお芝居なんだから。
あたしは、その中でできるだけいい役を演じたいの。
芝居の装置は世の中全部、
テーマはたとえ、祖国だろうと革命だろうと
そんなことは知っちゃあ、いないの。
役者はただ、じぶんの役柄に化けるだけ。これはお化け。
化けて化けてとことんまで化けぬいて、
お墓の中で一人で拍手喝采をきくんだ……」

――毛皮のマリー

「あたしは、階段を半分降りたところが好きだよ。ここが『あたしの場所』だよ。てっぺんでもなくって、一ばん下でもない」

――あゝ、荒野

ありとあらゆるものの
壜詰《びんづめ》を
売るのが
あたしの商売
思い出の壜詰
なみだの壜詰
小鳥の壜詰
流れる雲の壜詰
太平洋の壜詰から
さよならの壜詰
ありとあらゆるものの
壜詰を
売るのが
あたしの商売

——宝島

あたしはあたしの空が欲しい　ポケットに入るような空が欲しい

――はだしの恋唄

わたしは広い空全体も持っているし、東京の町も持っている、ということもできるのです。つまり「思うときに使用しても、文句を言われない」という意味でなら、わたしの所有の範囲はぐんと広まるのであって、……とくに「わたしのもの」と主張しなくとも、わたしは先にあげた以外の数えきれない多くのものを「持って」おり……、言葉をかえていえば、かなりの財産家である、ということもできるのです。

——家出のすすめ

涙

もしも
あたしがおとなになって
けっこんして　こどもをうむようになったら
お月さまをみて
ひとりでになみだをながすことも
なくなるだろう
と
さかなの女の子はおもいました

――宝石館

なみだなんか
古道具屋に売っちまったよ
忘れた忘れた忘れた
あいつのことなんか

――ボロボロロン

世界じゅうで、一日に流されるナミダはなんトンぐらいあるだろうか？

十日分でネス湖の湖水ぐらいはあるだろうか？

もし、大雨が降りつづくように、悲しみがつづいて世界じゅうの人がナミダが止まらなくなったら、その量は小さな島を流してしまう洪水《こうずい》ぐらいの量はあるのではなかろうか？

――さよなら村の出来事

涙のひとつぶずつに、糸を通してネックレスをつくったら、何人分のネックレスができたか知れやしません。初恋の涙は、ガラスのように澄《す》んでいて、そのひとつぶひとつぶずつはとてもきれいでした。

——四つの愛の物語

ある日女の子は思った
私たちがながす涙は　泣き終わったあとで
どこにいってしまうのだろうか　と
もしかしたら世界中の女の子ぜんぶの涙の
捨て場所があるのではないか　と
その女の子は　海を見たことがないのだった

——屋根裏の童話

海は死で、涙は復活である
——と言ってみよう。

もともと海は悲しみの代償として、
涙は自然の現象として
とらえるべきだったのだから。

地球の涙、
あなたの海。

——海水と涙の比較研究

わたしの涙は
小さな壜にいれて
海にながしてやりました

わたしの涙は
はるかな海の上で
外国船に逢うでしょう

――宝石詩集

人形

「人形の家」のアドレスを教えてください。電話番号でもかまいません。

——人形あそび

人は誰でも一日だけ「人形」になることができる。
〈秘法〉
スモモの種子を砕いて水に溶かしてのむ。
一日三回食後服用
(医師の処方に従ってお飲みください)

——人形あそび

人形界には魔法はあるが刑法はありません。

——人形あそび

鏡

「鏡には、墜落への誘惑がひそんでいる」と、私は思った。一枚の鏡をじっと見ていると、私はその底の暗黒に吸いこまれ、墜落してゆくような目まいを覚えるからである。そこで、墜落しないために、どうするか？

——サーカス

一人でかくれんぼをしようと思ったら、鏡を相手にすればいい。こっちが目かくししているまに、もう一人のわたしが鏡の中にかくれる。手をほどいて、「もういいかい？」と言うと、鏡の中から、「もういいよ」と言う声がきこえてくるだろう。

——かくれんぼの塔

二、夢みる肉体

身体、恋、愛、夢、美、猫、花

身体

女のからだは　お城です
なかに一人の少女がかくれている
もういいかい?
もういいかい?
逃げてかくれたじぶんを　さがそうにも
かくれんぼするには
お城はひろすぎる

わたしのからだにとじこめられた
ほんとのわたしは泣いている

——踊りたいけど踊れない

——踊りたいけど踊れない

はじめてのキスというのは、人生への参加をゆるされるパスポートを思わせる。すべては「くちびる」からはじまるのだ。

——ことばの城

唇……………………………顔の中の花びら
唇……………………………うそをつく楽器
唇……………………………舌のための窓
唇……………………………情事の痕跡
唇……………………………キスマーク用捺印
唇……………………………愛のはじまり
唇……………………………唄う食虫花

——少女のための恋愛辞典

あなたは一人しかいないのにあたしには目が二つある
もう一つの目は何を見たらいいのでしょう？
あたしには目が二つしかないのに空には星が無数にある
かぞえのこした星はだれがかぞえてくれるでしょう？

——七篇の詩

目はいつも二つある
一つはおまえを見るために
もう一つはぼく自身を見るために

——おまえのすべて

ぼくの右目の中に
赤い風見鶏が一羽かくれている

きみが近づいてくると
それははげしくまわり出す

だからぼくは
きみが近づいてくるたび
片目をつぶる

それを英語では
ウインクというのだそうです

——恋の学校

あんな手紙を書いたのは
手が悪いのだ
と女の子は思った
そこで当分のあいだ
じぶんの手と
絶交してしまうことになった

――屋根裏の童話

「もしかしたら、手や足の方が正直で、あたまだけが、おまえのすることにさからってるのではないのかね？」

――踊りたいけど踊れない

髪は一すじの地平線である
それは瞑想と眠りとをわかつ

——おまえのすべて

はずしてもはずしても
はずれない仮面は

いつもなみだを流している

——七篇の詩

はじめて海へ行ったとき　ぼくは　はだしでした
はじめて恋をしたときも　ぼくは　はだしでした
こどもの頃は　いつもはだしでした

——はだしの恋唄

血がもしもつめたい鉄道ならば
通りぬける汽車は
いつかは心臓を通るだろう

——旅の詩集

一本の樹にも
流れている血がある
樹の中では血は立ったまま眠っている

——事物のフォークロア

目は燈台である
心は孤独な航海者である

——おまえのすべて

人は恋愛を夢みるが、友情を夢みることはない。
夢みるのは肉体であるから。

——東京零年

「おぼえとけよ。この世で一ばん小さな無人島は、じぶん自身の体だってことをな」

——疫病流行記

「人間の肉体は鍵のかからない密室です」

——疫病流行記

ああ、どうしておれの心臓には発動機がついていないんだろうな、と私は思った。せめて二気筒でもいいから発動機がついていたら、世界の果てまでおまえを連れてってやれるのだが、と。

——誰か夢なき

恋

熱いポタージュ・スープをわかしてレコードをきく日。黙って空を見る日。二人のほかに世界は休養。

——感傷的な四つの恋の物語

片想いって何？
と女の子が訊きました。
想像力のたのしみだよ。
とぼくは答えました。

——少女のための恋愛辞典

片想いはレコードでいえば、裏面の曲のようなものです。
どんなに一生懸命唄っていても、相手にはその声がきこえない。

――少女のための恋愛辞典

「世界中の恋の数は一定なのだ」
と、ロバ先生は言いました。
「だから、ここにひとりの片恋がいるということは、世界中のどこかに、その片われがいるということなのだ」と。

――少女のための恋愛辞典

大抵の場合、恋は、冒険であるために障害が多いものです。というよりは、障害が多いから、それをのりこえようとして恋が生まれる、と言った方がいいかも知れません。

――ポケットに入るくらいの小さな恋愛論

キスと二つ並べて書いてみる。キスキスである。さかさに読むと、スキスキとなる。これはとてもいいな、と男の子は考える。漢字で書くと「好き」という字は女ヘンに子という字。つまり、女の子である。これも、とてもいいな、と男の子は考える。男の子は、ことし十五歳である。

——少女のための恋愛辞典

水浴している月に
ギターが話しかけている
恋していないのは誰かね?
すると月がこたえる
恋していないのは
オレンジの実と　風ばかり

——あなたが風船をとばすとき

引き算

一〇から一羽の駒鳥を引くのです
九から一本の酒壜を引くのです
八から忘れものの帽子を引くのです
七から一夜の忘却を引くのです
六から一台の手押車を引くのです
五から一望の青い海の眺めを引くのです
四から一冊のグールモンの詩集を引くのです

三から一人の恋仇の青年を引くのです
二からは何も引くことはない
二人で旅をつづけてゆこう
それがぼくらの恋の唄

——まだ思い出だった頃

母のない子に　本がある
本のない子に　海がある
海のない子に　旅がある
旅のない子に　恋がある
恋のない子に　何がある？

　ひまわり咲いて
日は暮れて

恋のない子に　何がある？

――ことばの城

ぼくは
実験室の戸棚の中に
一羽のアゲハ蝶をとじこめてきた

ほんとは
同級生のみずえを
とじこめてきたかったんだけど
できなかったから

理科室は
恋の地獄です

――恋の学校

色鉛筆にまたがって
ゆくぞ地獄へ菓子買いに
赤い一番星だれの星
恋に破れたぼくの星

——風見鶏がまわるよ、あの日のように

戸をたたくのは　誰?
真夜中
あけてみると　だれもいない
ただ　風が吹いているばかり
気のせいだよ
もう　恋は終わったんだ

——火の鳥

お墓をたてたい
小さなお墓を
二人の恋のお墓をたてたい
死んでしまった恋だから

——お墓のバラード

愛

キス。
なにを「記ス」の？
愛です。

——ぼくの書きたかった四つの物語

みんな　どこで「愛」について学んでくるのだろうか？
僕には不思議なことばかりだ
たとえば
「すき」ということばをさかさにすると
「キス」になるなんてことも

——愛の教室

「ことばには重さはないけど、
愛には重さがあるのです」

——星のない夜のメルヘン

一人の人間は、愛の原因ではあるが、愛そのものではない。多数の人間は、愛の機会ではあるが、愛そのものではない。多数の人間の中で一人と一人とがお互いを探しあっている状態が愛なのだ。

——少女のための恋愛辞典

愛と憎しみはシーソーゲームのようなもので、度をこすと愛が憎しみに変質し、また度をこすと憎しみが愛に変質するのである。

——風見鶏がまわるよ、あの日のように

こころはいつも家なき子
かなしいときはほほえんで
見知らぬ雲を追ってゆく
さすらいが　愛のはじまり

——火の鳥

心に一粒の麦を与えよ。
その麦がすくすくのびてゆくように、
あなたの愛が、家が、子供が育ってゆくのは、まぶしいことである。

——きみが人生の時

ぼくの中で海が死ぬとき、
ぼくは始めて人を愛することができるだろう。

——自己紹介

えらぶの？　えらばないの？　という問いかけは「愛さないの、愛せないの」という問いかけと同じであり、「憎まないの、憎めないの」という問いかけとも同じである。
だが、ぼくはもうめんどくさい。

——風見鶏がまわるよ、あの日のように

愛と憎しみというのは、一枚の銀貨の裏と表のように、同じ一枚の二つの面である。ちょっとした気まぐれで、裏になったり、表になったりする。

——風見鶏がまわるよ、あの日のように

ぼくはかぎりなく
おまえをつきはなす
かぎりなくおまえを抱きしめるために

——三つのソネット

愛からきみを引くと
どうなるだろうか

人生の引き算について考えると
ぼくは何だか
さみしくなる

——少女のための恋愛辞典

愛されることには失敗したけど、
愛することなら
うまくゆくかもしれない。

——人魚姫

一本の樹は
歴史ではなくて
思い出である

一羽の鳥は
記憶ではなくて
愛である

一人の誕生は
経験ではなくて
物語である

——子猫の詩集

人生では、ときどき嘘をつくことが　ひとを愛することになるものなんだもの。

――愛のピノキオ

「愛のために斃《たお》れた者は
太陽のなかに葬られるのだ」

――青い種子は太陽のなかにある

夢

おそらをさかながとべばいい
ぼうしがうたをうたえばいい

ギターにはながさけばいい
あたしがことりになればいい

ゆめがほんとになればいい

――大人狩り

夢をふかく見すぎると、いつかはその夢に復讐されます。

——きみが人生の時

ぼくにとって、夢のように見えるのが現実であり、現実のように見えるのが夢なのだよ。

——地獄篇

公衆便所に
一匹の猫をとじこめてきて
ブルースを唄う
電柱のなかで
血はアフリカをゆめみる

——零年

夢の中は治外法権であり、その穴掘り男に「穴掘り」を命じている者の正体を知ることは、眠りの持主である私自身にさえ、できぬことなのだ。

——方法としての砂男

「すべての物語は、主人公の死で終わる」

というが、では物語が終わったあとで、はじまるのは一体何だろうか？

人生か？

それとも、夢か？

——ぼくの書きたかった四つの物語

ぼくは
世界の涯てが
自分自身の夢のなかにしかないことを
知っていたのだ

——懐かしのわが家

ふりむくな
ふりむくな
うしろには夢がない

——さらばハイセイコー

美

美しい女には、どこかわざとらしさが必要である。化粧、饒舌《じょうぜつ》、技巧、仮面——そして、そのかげにひそむ、はっとするほど無垢《むく》の心。遊びのきらいな女に、美しい女はいない。詩を解さない女、ベッドのきらいな女にも、美しい女は、いない。

——少年時代の私には眠り姫がなぜ美しいのか謎であった

美しいものはすべて錯覚なのだ。美しさの前で人は自分を偽らざるを得なくなり、いつのまにか自分が自分でない自分になってしまう。
(もしこの世に絶対なものがあるならば、それは美でも正義でもない、醜さだ)

——はだしの恋唄

私の考えでは、マジメなものは美しく、そして美しいものは、滑稽《こっけい》であった。

――首吊人愉快

猫

ふしあわせと言う名の猫
がいる
いつもわたしの側に
ぴったり寄り添っている
ふしあわせと言う名の猫
がいる
だからわたしはいつも
ひとりぼっちじゃない

——ふしあわせという名の猫

猫の辞典

長靴をはいた猫は
王さまと友だちになったけど
長靴をはけない猫は
だれと
友だちになったらいいのだろう

猫…………ヒゲのある女の子

猫…………闇夜の宝石詐欺師

猫…………謎ときしない名探偵

猫…………この世で一ばん小さな月を二つ持っている

猫…………青ひげ公の八人目の妻
猫…………財産のない快楽主義者
猫…………毛深い怠け娼婦
猫…………このスパイは　よく舐める

――ぼくの猫詩集少女エルザ

子猫がいねむりをしてるまに
ぼくははじめて恋をした

――子猫の詩集

さよならという名の猫に
邪魔されて
みじかいキスもしないままで
大人になってしまった

――ぼくの猫詩集少女エルザ

長ぐつをはいた猫とわかれたのは　海の見えるホテルでした
その日　ぼくははじめて　恋を知ったのです

――ふしあわせという名の猫

人生のはじまる前と
人生のはじまったあと
そのあいだのドアを
すばやく駆けぬけようとした
ぼくの
長靴をはいた猫は
いまどこにいるか?

——ぼくの猫詩集少女エルザ

恋という字と
猫という字を
入れ替えてみよう

——ぼくの猫詩集少女エルザ

花

すきなひとを
指さしたら
ひとさし指から花がさいた

——恋のわらべ唄

家のない子のする恋には　コスモスを
母のない子のする恋には　桜草を
友のない子のする恋には　紫陽花を
国のない子のする恋には　水草を
歌のない子のする恋には　リラを

みんなまとめて花いちもんめ

——恋の学校

見えない花のソネット

そこに
見えない花が咲いている
教えてあげよう
ぼくの足もとだ

かぞえてみると
花びらは四枚　色は薄いオレンジ
花ことばはしらないけれど
いつも風にゆれている

そこに
見えない花が咲いている
ぼくにだけしか見えない花が咲いている

だから
さみしくなったら
ぼくはいつでも帰ってくる

——子猫の詩集

三. 海は終わらない

海、星、月、荒野、水平線・地平線、飛

海

なみだは
にんげんの作る一ばん小さな海です

――わたしのイソップ

きみは
ぼくに海をくれると言ったね
きみの愛のしるしに

だけどぼくは
もらった海を
どうやって持てばいいのだろう

――火の鳥

海は巨大な忘れものである
あまり大きすぎるのでどこの遺失物収容所
でも預ってくれない

——断片ノート

物語は終わってしまっても
海は終わらない

——ぼくの人生処方詩集

かなしくなったときは
海を見にゆく

古本屋のかえりも
海を見にゆく

あなたが病気なら
海を見にゆく

――木の匙

ある日、ぼくは海を、小さなフラスコに汲みとってきた。
下宿屋の暗い畳の上におかれたフラスコの中の海は、もう青くはなかった。そして、その従順な海とぼくとは、まるで密会でもするように一日黙って見つめあっていた。

——自己紹介

海をあける。海をとじる。海に蓋《ふた》をする。海をぶちまける。海を乾かす。
海をひっくりかえす。
そんなことができたら
一寸たのしいのにな。

——海のジェニー

ぼくらは海にあこがれる
なぜだか
海にあこがれる
心さびしい日のように
母のない子の目のように

だまって海を見ていると
泣きたくなってくる

――宝島

――少女のための海洋学入門

ぼくはいつでも「泳いでいる」と思っているのです。
海のない町に住んでいるくせに。

——船の中で書いた物語

初夏。
おまえと忘れごっこをはじめる
(世界を忘れる)
(海は忘れない)

——木蔭では

ある日
ぼくは海がほしかった
バケツを持って
買いに行ったが
どこにも売っていなかった

——愛さないの愛せないの

海も恋するのですか？
だとしたら
海の相手は男ですか？　女ですか？

——海も恋する

一〇〇人に一人位、女の人の胸に耳をおしつけて聞くと海の音が聞こえると言うのです。

心臓よりもさみしいその音を、聞きたいと思いました。

だけど汗ばんだ有閑マダムも、白い薬局の少女も、バア「老船」のホステスも、肉づきのいい映画女優も、詩の好きな人妻も、髪の長い女学生も、眼鏡をかけた女編集者も、月の好きな娼婦も、おしゃべりな食堂のウエイトレスも、好色なＢＧも——どの女の人の胸も、耳をおしつけて聞いても、海の音は聞こえませんでした。

それなのに、人は私のことを浮気だと言う！

——船の中で書いた物語

カンバスに青い海と白いさざなみだけをかいて一日をすごす少女は、夜、眠りに落ちたあとで、自分のかいた絵の中の海たちが、潮騒をたてるのをきいた。

——かもめ

海には殺人の匂いがある
海には失われた声がある
海には叙事詩と男声合唱のひびきがある
海には性のたかぶりがある

——少女のための海洋学入門

この世で最後の海の一しずくはぼくの目のなかにある。
だから、
この一しずくをぼくは泣いてしまうわけにはいかないのです。

——少女のための海洋学入門

どんなつらい朝も
どんなむごい夜も
いつかは終る

人生はいつか終るが
海だけは終らないのだ

——木の匙

海と書いて、ウミと発音する
ウミはまた、「産み」でもある
そしてしばしば、「倦み」となることもある。

——ある辞典制作者の瞑想

海の水の最初の一滴が一人の女の子の涙だったと思っている少年がいた。

――少女のための海洋学入門

目玉のなかに海がある
なみだが塩っからいのは　海のしずくだからです
でもそれはうそです。
――海の水は青いのに、なみだは青くないのだから。

――海も恋する

二人ではじめて逢った海
モーツアルトを聴いた帰りの海
キスを許した夜の海
本のように二人で読んだ青い海
喧嘩して一人で来た雨の海
一人が結婚してしまい
あとの一人が思い出していた海
海はいまでも青いだろうか

――ぼくの人生処方詩集

星

「星を全部かぞえてみたいな」
とぼくは言った。すると理工科の友人は
「かぞえてるうちに老人になってしまうさ。一生かかっても数えきれないかも知れない」と言った。
だが、星をかぞえながら老いてゆくことはどんなに素晴らしいことだろう。

——星のない夜のメルヘン

星は、ぼくの家具だった。
貧しい少年時代、ぼくは星を家具に、夜風を調度に、そして詩を什器にして生活していたとも言える。

——星のない夜のメルヘン

海のうえには
なにがある？
海のうえには
なにがある？
きらめくきらめく
星がある
愛しあってるふたりには
数えきれない星がある

——人魚姫

さびしい天体望遠鏡のおとうとよ
暗い天球に新しい彗星を一つ発見するたびきみが地上で喪失するものは
何か？

——ロング・グッドバイ

（梯子の上に梯子をかけて、大きな風呂敷をもって夜空へのぼってゆく。大煙突よりも高く高くのぼってゆくと、ようやくお月さまに手がとどく。さわってみるとお月さまは少し濡れている。それを素早く風呂敷包みにつつんでしまうと空はまっくら闇になる。

男は、ふたたびゆっくりと梯子を下りはじめるのだが、ふいに梯子を一段踏みまちがえて夜空を墜落する。

地上に叩きつけられたときに、男には何の怪我もないが、風呂敷包みにくるんだお月さまが粉々になってしまって、それは、まるで皿を割った破片のようにキラキラしているのである。

男はその破片を、空に帰してやろうと思う。そしてふたたび梯子をのぼってゆき、一番高い場所から風呂敷包みをサッとひろげて捨ててやる。

星というものは、そんなにして生まれたのである）

――あなたが風船をとばすとき

「世界で一番小さな金貨で、世界で一番大きなものを買ってあげよう！」

「それは、何です？」と乞食がききました。

「空だよ」と商人が言いました。「空を買ってあげよう」

そして、だまして世界で一番小さな金貨をもって行ってしまったのです。

でも乞食は、だまされたとは知りませんでした。

乞食は空が自分のものになったと思っていました。

そして、あの空にかがやく一番遠くの星が、自分の支払った「世界で一番小さな金貨」だと思っているのでした。

——星のない夜のメルヘン

夜空にかがやく一ばん小さな星はにんげんの眼球である。

貴婦人のジュジュが自慰をしていると、必ずカーテンのすきまから、この星が出る。下男の星。

——猫の航海日誌

「ほらほら、星が出ている。
出ているけど、屋根があるから、ここからは見えない。
だが、見えない星も人生のうちなんだ。
見えるものばかり信じていたら、いつかは虚無におちるだろう」

――大山デブコの犯罪

少年時代
ぼくは夢のなかで
天《あま》の川《がわ》の堤防《ていぼう》が決壊《けっかい》して
星が空じゅうにあふれ出そうとするのを修理《しゅうり》しにゆきました

――愛の大工

小さな星に腰かけて、少年は考えていた。
「空がこんなにひろいのに、どうして星はいつでも同じ道ばかり通るのだろう」

――小さな星に腰かけて書いた物語

月

キスを十回くりかえしたあとで、花売り娘は、

「思い出に、今夜のお月さまの光を壜の中にしまっておきたい」

といいました。そして、壜の中にさしこんでくる月の光をいっぱいみたして、上からすばやくふたをしてしまったのです。

これがお月さまの壜詰です。

――四つの愛の物語

「ありとあらゆる商会じゃ、工場があってお月さまを量産してるの。

だからお月さまが二つ三つなくなってもちっともさしつかえないわ」

――樅の木と話した

月夜に
まちがって影が二つできてしまったので
ほんとに
お月さまを二つ出すことにした

——影の国のアリス

空にお月さまのかかっていない夜は、巷に恋人たちの数が多すぎるのだと思えばよい。つまり、一組の恋人たちが寝台にいるときにお月さまが一つ必要になる。千組の恋人たちの抱きあっている夜には千のお月さまが必要になる訳だからである。

——あなたが風船をとばすとき

荒野

ああ、荒野！　薄よごれた四畳半のアパート、君の毎日けいこしている
『天井桟敷』の地下劇場、そしてまた読みさしの書物のページ。そして
捨ててきた遠くの母親のイメージ、そういったものの総体としてある、
君の魂のゴミタメのなかにしか荒野は見いだされないのだということを、
君は知っているだろうか、どうか？

――ぼくが戦争に行くとき

私は一篇の詩のなかの、不毛の荒野を見つめて溜息をつく。

――走りながら読む詩

この世で一ばん遠い場所は
じぶん自身の心である

――断片ノート

水平線・地平線

きみの
水平線は　きみの見えるすべての視野をくぎる白い一本の線でありまし
たか？　そのほかには空のほかに何も見えませんでしたか？　たしかに
その水平線は
なまあたたかくきみをつつんで　すこし揺れたりしましたか？
その水平線は　盗まれたのじゃなくて
きみを捨てたのかも知れないよ

――愛さないの愛せないの

あなたの
仕事着を縫《ぬ》いあげてゆく
青い糸が
わたしの地平線に
なるでしょう

——つぶやき

子供の頃、私は地平線の上に立ってみたい、と考えた。
だが、私が地平線に向かって歩き出すと、その分だけ地平線は私から遠ざかっていった。そして、歩いても歩いても、私と地平線との距離はちぢまることがなかった。

――旅の詩集

あの赤い木綿の糸で　なぜ地平線を縫い閉じてしまわなかったのか
こんな風に訴えるぼくの声が　身動きとれなくなってしまうように大夕焼の曠野の空の一番高い場所にことばを
なぜ　縫い閉じてしまってくれなかったのですか

――地獄篇

飛

どんな鳥だって
想像力より高く飛ぶことはできない
だろう

——事物のフォークロア

おれはおれ自身の重力だった　そしておれ自身の揚力でもあった

——人力飛行機のための演説草案

翼《つばさ》が鳥をつくったのではない
鳥が翼をつくったのである

——まだ思い出だった頃

書きとめられる前から航空工学はあった
記憶される前から空はあった
そして
飛びたいと思う前からおれは両手をひろげていたのだ

——人力飛行機のための演説草案

ぼくは空の中の、半分ぐらいの高さが好きだな。
月ほど高くなくて、それでも
町中を見下ろせるぐらいの高度。
それくらいの高さに星があれば——そしてその星がバケツぐらいの大き
さだったらば、ぼくはそれに腰かけて
ほかの星と話ができる。
たぶん、
飛ぶということは英雄的なことでろう。
——だけど、ぼくが思うには、
飛ぶというのはさみしいことだな。

——飛びたい

彼女は空を見た。
さよならのとぶのを見るために。
だけど空にはなにもなかった。
ただ海だけが青かった。

——船の中で書いた物語

四. 水に書く詩人

質問、ことば、詩、書物、手紙、数

質問

どの質問にも答えるな
そうしてどの質問にも答えよ

——目を

人生には、答えは無数にある。
しかし
質問はたった一度しか出来ない。

——誰か故郷を想はざる

ふいに闇のむこうで
連絡船の汽笛が鳴る
こんなみすぼらしい
こんなさみしい幸福について
もしおれがそっとこの部屋を脱《ぬ》けだしてしまったら
誰が質問にこたえてくれるだろう
一体誰が？

——李庚順

リマは訊ねる
――飛行機ってなあに？
ぼくは答える
――機械じかけの大きな鳥さ

リマは訊ねる
――電気ってなあに？
ぼくは答える
――ヒモのついた星の光だよ

リマは訊ねる
――愛ってなあに？
ぼくはしばらく考える
――水平線に日が沈むころ

リマは訊ねる
——煙草ってなあに？
ぼくは答える
——この世でいちばん小さい火山さ

リマは訊ねる
——サングラスってなあに？
ぼくは答える
——昼を夜にかえる道具だよ

リマは訊ねる
——恋ってなあに？
ぼくはしばらく考える
椰子の木から月がのぼる

——火の鳥

いつか
にぎりこぶしをひらいてみたか?
いつか
古いギターのなかをさがしてみたか?
いつか
おんなの涙をたしかめてみたか?
いつか
幸福論の書物をめくってみたか?
いつか
暗闇のなかで目をつむってみたか?

どこかに
きっと
宝石がかくしてあったかも知れないのに

——宝石詩集

このところ、私は二匹のカメを飼っている。一匹が質問という名で、もう一匹が答という名である。問題は、答よりも質問の方がはるかに大きいことであり、たずねてきた友人達は「質問が答より大きいというのは、どういうことだ？」と訊くことになる。

そこで、私は答える。「質問はかならず、答をかくまってるからね、その分だけ大きく見えるだけさ」と。

——私という謎

駄菓子屋のグリコが好きだった私は、よく一人で考えた。「グリコは一粒三百メートル」。それならば地の果てまで走ってゆくのには、グリコを何粒食べればいいのだろう？

——ぼくが戦争に行くとき

子供の頃から
わたしは学校の先生にも　女大臣にも
大芸術家にもなりたいとは
思っていませんでした。
女流探険家にも
デザイナアにもなりたいとは思っていませんでした。

わたしはただ
「質問」になりたいと思っていたのです。
いつでも
なぜ？　と問うことのできる質問、
決して年老いることのない、
そのみずみずしい問いかけに……

――二十才

質問

あなたは幸せですか
友達を思い出しますか
つぐみが空を飛んでいる
あなたの故郷はどこですか
ロバはどこまで行くのですか
風に吹かれてはるばると
タンポポのわた飛ぶ
明日はどこから来るのですか
だれかに愛されてますか

——かもめ

そこでぼくは　最後に訊ねる
ぼくの一ばん知りたい質問
——愛となみだは
どっちが高い？

——愛さないの愛せないの

ことば

ぼくの猫は
ことばでできている
だから
ときどき
ぼくの心を傷つける

――ぼくの猫詩集少女エルザ

あたしはいつもはだしで歩く
言葉と沈黙の間は浅瀬の川岸

――水妖記

「ぼくにとって、星はことばだ。
ことばは一つだけじゃ意味にならないけどいくつか並ぶといろんなこと
を話しかけてくれる。
たとえばほら、あの星は、さの星だ。となりの星は、よの星。北斗七星
を一つずつつなげて読むと、〝みんなさよなら〟となるんだ」

――ぼくの書きたかった四つの物語

少年は考える
言葉でじぶんの翼をつくることを
だが
大空はあまりにも広く
言葉はあまりにもみすぼらしい

――まだ思い出だった頃

心と
心臓との距離をはかるのは
言葉の計量器

――おまえのすべて

一つのことばを地に埋める。すると、空に滑車が鳴りひびき、他のことばが空にきらめく。

――地獄篇

私が忘れた歌を
だれかが思い出して歌うだろう
私が捨てた言葉は
きっとだれかが生かして使うのだ

――ぼくの人生処方詩集

「鳥のことばでは、木は叔父さんで、木樵《こ》りは死刑執行人。鳥籠は強制収容所で、もじゃもじゃ髪の頭は、安下宿ってことになる。手紙は木の葉に書き、風は郵便配達夫」

——イエスタデイ

「空を買うにはお金じゃだめなの。支払いはやさしいことばでするのよ」

——感傷的な四つの恋の物語

詩人は、ことばで人を酔わせる酒みたいなもんです。ときには、ことばで人を傷つけたりすることもできる。ようくみがいたことばで、相手の心臓をぐさり、とやる。

——毛皮のマリー

言葉で
一羽の鷗を
撃ち落とすことができるか

言葉で
沈む日を
思いとどまらせることができるか

言葉で
バルセロナ行の旅客船を
増発できるか

言葉で
人生がはじまったばかりの少女の薄い肩を
つかむことができるか

「あ」は「a」です
aは　ひとりぼっちの数詞です
でも「あ」は「あなた」のあ　でもあります
「あい」のあ　でもあります
「あくま」のあ　でもあります

——小詩集「あ」

流れ雲も、漂泊の浪曲数え唄、老いやすき少年たちも聞くがいい。ぼくは万象が変ることも、かくれることもできないように、世界を一冊の書物の中に閉じこめてやろう。そして、ことばで錠前を下ろしてやろう。

——地獄篇

書くことは速度でしかなかった
追い抜かれたものだけが紙の上に存在した
読むことは悔悟でしかなかった
王国はまだまだ遠いのだ

——事物のフォークロア

世界が眠ると
言葉が目をさます

——事物のフォークロア

魔法使い、忍術使い、ということばがあるように、言葉使いという不思議な術師もいます。
それが、詩人というものです。
建築家が、石で城を造るように、詩人は、ことばで城を作る。

——ことばの城

「ことばは老いないが、すぐに亡びるよ」

——地獄篇

〈新しい世界〉
という新しいことばが通じるまで
通りすぎる彼等
事物のフォークロア
沈みかける夕日にむかって
わたしは
話しかける
話しかける
話しかける
話しかける
話しかける
話しかける

――わたしのイソップ

できあがった言葉をこわそうとしたら、
ダイナマイトじゃだめなんだ、言葉だけだ。

——青少年のための無人島入門

一行のことばが、ほかの一行のことばの母になる。

——暴力的詩論

「ぼくの失った言葉を
遠い町で
見知らぬ誰かが見出すのは
こんな夜だろう
海がしずかに火を焚いている」

——自己紹介

私がことばを飾るのか、ことばが私を創るのか、私は知ることができなかった。ただ、私は農夫が作物をつくるようにことばを栽培したり、鍛冶屋が鉄をうつようにことばを作りかえたりするというほど楽天的にはなれない。もしかしたら、道具にすぎないと思っていることばに、私はいつのまにか使役されていたかも知れないのである。

——暴力的詩論

詩

私は水に書く詩人である
私は水に愛を書く

たとえ
水に書いた詩が消えてしまっても
海に来るたびに
愛を思い出せるように

――ぼくの人生処方詩集

サ行二段活用恋愛形

詩ト詩ト詩ト……………屋根裏に雨が
オ詩エテ?……………とみずえが言った
詩ラナイヨ……………とぼくが言った
詩月一日………………エイプリルフール

ウ詩詩詩………………怪奇マンガかな?
詩ーッ…………………月夜のひそひそ詩
カナ詩イトキ…………笑おうよ
詩………………………死

詩ヌマデ
アイ詩テ

――ことばの城

一ばん自分がきれいになれるのは
生まれてはじめて詩を書いたとき
だと
いいんだけどな

――書く

ぼくの詩のなかを
いつも汽車がはしってゆく
その汽車には　たぶん
おまえが乗っているのだろう
でも
ぼくにはその汽車に乗ることができない

――愛さないの愛せないの

ぼくの
書きかけの詩のなかで
巣のひばりが飛び立とうとしている
日は
いつも曇っているのに

——愛さないの愛せないの

時には母のない子のように
だまって海を見つめていたい
時には母のない子のように
ひとりで詩など書いてみたい

——時には母のない子のように

海を書くのではなく
海で書きたい

一字ごとに原稿用紙が濡《ぬ》れてゆき
やがて一篇の詩が波立って
怒濤となるように

——断片ノート

渚の砂に書いた詩は
海が消してくれるでしょう
あたしの頬に書いた詩は
なみだが消してくれるでしょう

——七篇の詩

どんな詩人が
自分の書いた海で
泳ぐことができるというのだろう。

——断片ノート

一篇の詩の
内と外とにしめ出されて
私は
だまって海を見ている

——子猫の詩集

詩人は、言葉を書物の中に仕込んでおいて、あとは通りかかった読者に
よって詩にして貰うのを待つしかないのです。

——走りながら読む詩

ぼくの書いた詩から
一匹の猫が抜け出して
すがたを消した

——ぼくの猫詩集少女エルザ

書物

書物のなかに海がある
心はいつも航海をゆるされる
書物のなかに草原がある
心はいつも旅情をたしかめる
書物のなかに町がある
心はいつも出会いを待っている

――子猫の詩集

書物の中には、ひとつの均斉のとれた小宇宙などは存在しない。そこには、よるべのない、見通しのきかない、無定形の余白が、霊のようにさまよっている。

——事件としての書物

街が「事件としての書物」である、ということは、まぎれもない事実である。

——事件としての書物

空を読むことができるのは、幸福なことだ。
あるときぼくは思った。世界は一冊の書物なのだから、この世で読めないものなんてあるはずがない、と。

——ぼくの書きたかった四つの物語

たとえば書物とは「印刷物」ばかりを意味するものではなかった。街自体が、開かれた大書物であり、そこには書きこむべき余白が無限に存在していたのだ。

――世界の果てまで連れてって

つまらない書物というのはないが、つまらない読書というのはある。どんな書物でも、それを経験から知識にしてゆくのは読者の仕事であって、書物のせいなどではないからである。

――書を捨てよ、町へ出よう

書物の中の少女に恋してしまったぼくは
書物の中に入ってゆくための道を見出さなければならない

——水妖記

書物は
家なき子の家

——子猫の詩集

書物…………一万語を軟禁してある紙の城。
書物…………重さ一〇〇グラムの愚者の船。
書物…………押し花の犯罪。
書物…………声を出さない雄弁機械。
書物…………瞑想の紙製飛行機。

——ぼくの書きたかった四つの物語

手紙

つきよのうみに
いちまいの
てがみをながして
やりました

つきのひかりに
てらされて
てがみはあおく
なるでしょう

こいしいひとの
まくらもと
うみがしずかに

なるように

ひとがさかなと
よぶものは
みんなだれかの
てがみです

——感傷的な四つの恋の物語

もしも海の水がぜんぶインクなら
ぼくは何人に　さよならの
手紙を書くことができるだろう

——ぼくの作ったマザーグース

けむりのペンで
けむりの紙に
書いたけむりのラブレター
読まないうちに消えちゃった

——イエスタデイ

数

足し算の問題
ぼくと鳥と数字の五を足して　その答に航海図とアムステルダムの船員ホテルの二階の刺青屋のスーベニールと一壜のコニャックとラテン語自習書を足して　さらに有尾両棲類学入門書と双子の男色家兄弟と人形剝製師R氏を足し　二房の葡萄とペロポネシア戦史と酢漬の豚一樽と聖歌隊全員とを足しても　その答は　たった一人の少女　つまり　きみにおよばないのだ

——水妖記

数字の中の予言を読みとらないものに、どうして世界を数えることなど
出来得よう。真理とは、つねに数の翳にひそむ魂の叙事詩だ。

——地獄篇

世界は数字でできている
一を欠くと　だれかが二を補完する

——水妖記

五．かなしい時計番

時、季節、思い出、故郷

時

愛は
かくれんぼ遊びです
かくれるきみを追ってゆく
ぼくは鬼です
目かくしした手をとると
きみはもう
大人になってしまっていた

――恋の学校

ぼくは小型時計が好きです。そしてこの世でいちばん小さな時計は、「まだ生まれない赤ちゃんの心臓」だと思うことがあるのです。振り子の音で目をさまし、人生をはじめるからです。

——思い出の歴史

ぼくは、「時」を撃つ猟銃をもっていませんが、でも時の流れはすべて一篇の比喩の詩にすぎないことを知っている。

——時計幻想館

私にとって、もっともなつかしいのは「過去という名の異邦」である。去りゆく一切だけが、私たちの原始にほかならないのだから。

——旅の詩集

青春というのは、幻滅の甘やかさを知るために準備された一つの暗い橋なのだ。

——自己紹介

人は「時を見る」ことなどできない。見ることができるのは、「時計」なのである。

——寺山修司の仮面画報

「写真機のシャッターってやつは、カメラのまばたきなんだ」

——まぼろしのレミナ

かくれんぼは、悲しい遊びである。かくれた子供たちと、鬼の子供とのあいだに別べつの秋が過ぎ、別べつの冬がやってくる。そして、思い出だけがいつまでも、閉じこめられたまま、出てくることができずに声かわしあっているのである。

——かくれんぼの塔

ぼくは何時かきっと、鬼になって彼等を宿命から救ってやろう。そしてもう決してかくれる必要のないように、獰猛果敢な「時」の流れを遮ぎってやろう。

——地獄篇

人はだれでも、自分の失くしたものについて考える時間を失くしている。

——迷路と死海

私は少年時代から、歴史の授業がきらいであった。それは何時でも「過ぎ去った日」について語るか「たぶん、やってくると思われる日」についてて耳をすますだけで、現在進行中のものではなかったからである。

――歴史なんか信じない

青年になることは、いわば事物間の航海者になることであり、事物と現実とによって引き裂かれた海をさまよう、「時」のオデッセーになることを意味していたのである。

――ぼくが戦争に行くとき

ぼくは、まばたきをする。
その間に、きみはどんどん成長してゆく。八回、瞼をひらくたび、きみは八回分だけ大人になっている。それが、ぼくたちにとって、唯一の愛の「時刻表」だと、いうことになるのである。

——少女のための恋愛辞典

人の一生は、かなしい時計番の仕事にすぎないのだから。

——時計幻想館

子供は子供として完成しているのであって、大人の模型ではない。毛虫と蝶々が同じものであるわけはないんで、毛虫は毛虫として完成していて、蝶々は蝶々として完成していると思う。

——つむじ曲がりの六ペンス

ひとは誰でも自分の映画を持っている。それはスクリーンも映写機もなしで、じっと壁を見つめているだけでうつし出されてくる「時」の幻燈である。

――映写技師を射て

雪はしづかに時間をとゞめてくれる。
安全ピンでとめられた一枚の紙のように。
そして未来もそのように。

――ロミイの代辯

（美しいものは殺さなきゃいけないんだ。どんなものだって一生のうちで一度は美しくなる。そのかたちをそのままでとどめなきゃあ。）

——はだしの恋唄

生まれたばかりのとき、空には星が一つだけ——そして、その日のうちに星は二十四までふえるというのは、何とすばらしいことだろう。生まれてから今日まで、何時間たったかは、星をかぞえればわかるのだ。

——時計幻想館

「作り直しのきかない過去なんてどこにもないんだよ」

——田園に死す

季節

季節は何歳ですか？
春
夏
秋
冬
のなかでは
だれが一ばんハンサムでしたか？
一ばんやさしいのはだれで
一ばんさみしそうなのはだれでした？

——季節館

私たちは、終わった夏をもう一度ためしてみることは出来ない。もっと怖ろしい事は、終わった自分の夏を誰とも頒ちあうことが出来ない、ということである。

――センチメンタル・ジャニー

夏は一つの約束でさえなかった。私は夏にたった一つのことばさえ彫りこむことが出来なかった。

――センチメンタル・ジャニー

夏……………季節の四人兄弟のなかでいちばんの浮気者
夏……………詩には麦藁帽子がよく似合う
夏……………秋のために思い出を作る
夏……………海の欲情を数えよう
夏……………ジャズっ子たちはクジラにのってやってくる
夏……………殺人者たちの邂逅
夏……………雲は吃りの旅行者
夏……………ベッドの中の兎さがし
夏……………毛深い親指がマダムを追いかけます
　　　　　　機関銃もなしに
夏……………古典の死

——海も恋する

思い出

鉛筆が愛と書くと
消しゴムがそれを消しました
あとには何にも残らなかった
ところで　消された愛は存在しなかったのかといえば
そうではありません
消された愛だけが　思い出になるのです

——消す

ひとはだれでも、実際に起こらなかったことを思い出にすることも、できるものなのです。

——書物の国のアリス

「ぼくの思い出を買ってくれませんか?
思い出は、ぼくのたった一つの古道具なんです」

——間奏曲

人魚は死ぬとただの水の泡《あわ》になってしまうが、
人間は思い出を残すことができるのだ。

——人魚姫

男の経験の大部分は、想い出のよくないことばかりである。

——わが町

思い出を売る男がいたら
ぼくにその男の住所を教えてください
どんなに遠くても
ぼくは逢いにゆくつもりです

――まだ思い出だった頃

思い出がにくらしかったら
時計を捨てよう
川に捨てた時計が
どんなに正確に時をきざんでいても
それはぼくらの恋唄じゃない

――思い出の歴史

思い出すのはやめなさい。
思い出はさみしい心にとって万病のもとですから。

——ぼくの人生処方詩集

はじめての愛だったから
おまえのことを
忘れてしまいたい

みんなまとめて
いますぐ
思い出すために

——まだ思い出だった頃

「人間は記憶から解放されない限り、ほんとに自由になることなんか出来ないのだよ」

——田園に死す

時計の針が
前にすすむと「時間」になります
後にすすむと「思い出」になります

——思い出の歴史

故郷

幻想の中で帰った場所へ、現実でまた帰ってゆく。一度目はしみじみとなるが、二度目は喜劇にかわる。望郷とは、それが果たされぬ想いだからこそ、美しいものだったのではなかろうか。

——旅の詩集

少年時代、ぼくは「空を飛びたい」と思っていた。
あの青い空のかなたに、ぼくのほんとうの故郷があるのではないかと思うと、なぜかかなしくなってしまうのだった。

——ぼくのギリシア神話

望郷の歌をうたうことができるのは、故郷を捨てた者だけである。そして、母情をうたうこともまた、同じではないでしょうか？

——家出のすすめ

魂について語ることは、なぜだか虚しいことである。だが、魂を持たないものには、故郷など存在しないのである。

——ぼくがぼくであるときのノート

信号灯が風に鳴った　「家へ帰りたい」のはわかっているさ　だが「家」はどこにあるというんだ

――人間実験室

六.　あしたまた旅立つ

旅、死、喪失、悲、嫌、惨、悪

旅

遠くへ行きたい。
どこでもいいから遠くへ行きたい。
遠くへ行けるのは、天才だけだ。

――若き日の啄木

少年時代から放浪が好きであった。
放浪と口笛のない青春なんて、考えられなかったのである。

――ぼくのギリシア神話

海辺の町で生まれたぼくにとって、風は何かを「動かす」ものであった。たとえば風は木の枝を「動かし」雲を「動かし」あてのない大学生のぼくの心を「動かし」た。

――センチメンタル・ジャーニー

ぼくの旅行はいつも一人であった。しかし、ほんとは「空想」という、とてもいい同伴者がいたので決して退屈しなかった。ぼくはゆくさきざきで現実と空想がごっちゃになってしまった。ときには銀行強盗だったり、ときには透明人間だったり、ときには殺人鬼だったりした。

――絵本・ほらふき男爵

都会の夜には「山」はない。あすはぼんやり旅にでてみようか。

――センチメンタル・ジャーニー

旅立つものにとって、過去の一切は浄土《じょうど》であると考えてもよいのかも知れない。旅情というのは、旅立つ前の見知らぬ土地への憧憬《どうけい》と、到達してしまったものの幻滅《げんめつ》とのあいだをつなぐ、（それゆえに、まだ、どちらにも属さない）感情だということになるのだろう。

——旅の詩集

子供のころから、一カ所にじっとしているのが嫌いだった。地球儀が好きで、沓掛時次郎《くつかけときじろう》が好きで、いつも「ここではない他の場所」にあこがれていたのである。

——東京零年

わたしは汽笛はすきだけど
汽車はきらいです。

だって
汽車はとおくへ行ってしまうんですもの。

——二十才

心はあまりに遠く
心臓はあまりに
近すぎる

心と
心臓とが一つになるとき
私は旅立つ

——おまえのすべて

少年時代の私は、「住所はどこだ?」と訊かれると「線路の上。」と答えるほど、旅好きであった。

——旅の詩集

どんなすばらしい風景も、人間の想像力を上まわるものではないということを知ってしまえば、「わざわざ出かけるまでもない。」ということになるのかも知れない。

——旅の詩集

定住することは、不滅を信じることだ。私は、そんなものを信じない。できるならば、私の死んだあとでも、墓は汽車の連結器の中につくってもらいたいと、思っている位である。

——旅の詩集

自分がまだ生まれる前に通った道ならば、ここをどこまでも辿《たど》ってゆけば、自分の生まれた日にゆきあたるのではないか、という恐怖《きょうふ》と、えも言われぬ期待が湧《わ》いてくる。

——誰か故郷を想はざる

「死後も旅する」ことができるとしたら、何十年、何百年のあとまでも、私はわかれつづけ、捨てつづけて、赤錆《あかさ》びて荒野の廃物となったあとで、

花に嵐《あらし》のたとえもあるさ
さよならだけが
人生だ

という詩を、そのまま墓碑銘にいただきたい、と思っているのである。

——旅の詩集

私は何でも「捨てる」のが好きである。少年時代には親を捨てて、一人で出奔の汽車にのったし、長じては故郷を捨て、また一緒にくらしていた女との生活を捨てた。旅するのは、いわば風景を「捨てる」ことだと思うことがある。

——さすらいの切手

誰かが誰かを捨てて旅立つたびに、
空には新しい星が一つずつ殖えるのだ。
もしかしたら天文学は、地上の罪のかぞえ唄なのかも知れない。

——アダムとイヴ、私の犯罪学

たとえ、それがどこであろうとも、われわれに夢があるあいだは、「たどりつく」ことなどはないだろう。漂泊と、百たび書いて、あしたまた、旅立つ。

——旅の詩集

死

ぼくが死んでも　歌などうたわず
いつものようにドアを半分あけといてくれ
そこから
青い海が見えるように

――少女のための海洋学入門

ダミア婆さんのシャンソンのレコードを棚から落として割ってしまいました。
「海で死んだ人はみんな鷗になるのです」という唄も、こなごなになってしまいました。

——船の中で書いた物語

死んだ人は墓に埋《う》められるが、死んだ鳥はどこへ行ってしまうのだろうか？　たとえば一羽の年老《お》いたカモメは、死んだら海に墜《お》ちてしまうのだろうか？　それとも、死と生とは鬼ごっこのように追いかけっこをしていて、死んだらべつのものに生れ変ってまたはじめから生きなおすのだろうか？

——町娘と武士

一回のウインクのあいだに生れて死ぬわたしの一生は、なんとはかないものだろう。それは、おそらく、どんな短い愛よりも、もっと短いものであるはずだ。

——少女のための恋愛辞典

ぼくにはどうしても死から生《せい》へのすばやい変り身ができそうにない。

——町娘と武士

あの、閉じこめてきたキアゲハは、今でも故郷の中学校の地下室に、不死のまま飛んでいるだろうか？
それとも、もう死んでしまったであろうか？

——ぼくのギリシア神話

切りはなそうとしても、どこまでもついてくる私自身の「影からの脱走」――人生なんて、案外そんなゲームなのかも知れない。

――影絵

生が終って死がはじまるのではない。生が終れば死もまた終ってしまうのである。「蝶死して飛翔の空をのこしたり」――うそだ。うそだ。蝶が死ねば、空もまた死んでしまう。すべての死は生に包まれているのであり、それをうら返して言えば、死を内蔵しない生などは存在しないという弁証法も成立つのである。

――晩年

一生はすべてあべこべで
わたしのための墓穴を掘り終ったら
すこし位早くても
死ぬつもりである

——わたしのイソップ

「人間の死なんてものはありません。あるのは他人の死ばかりです」

——地獄篇

喪失

何もかもなくなった
種子も破片もなくなった
鳥には空がなくなった
翼に風がなくなった
ぼくらが歌をやめたので

――火について

人生はとても広い遊び場だから、逃げてかくれたあの子は、なかなか見つからないのだよ。

――少女のための恋愛辞典

消しゴムがかなしいのは
いつも何か消してゆくだけで
だんだんと多くのものが失われてゆき
決して
ふえることがないということです

――書物の国のアリス

「幻影を持たない奴は、いつかは消えていってしまうんだ」

――あゝ、荒野

悲

かなしみは
いつも外から
見送っていたい

――愛さないの愛せないの

ぼくは桜んぼを食べながら
プールサイドで
哲学した
かなしみというしみは　どんなしみ？

——愛さないの愛せないの

はるかな夕焼にむかって
両手をひろげると
私はいつでも
かなしくなってしまうのです

——七篇の詩

ただひとつ
そんなわたしの不愉快は
かなしんでいるのに
かなしい事が起らぬことだ

——わたしに似た人

欠落ははじめから青く
かなしみには
深さばかりで
ひろさがないのだから

——七篇の詩

嫌

×月×日　彼女の日記

喧嘩しました。

十一月の雨。不機嫌な蝙蝠傘。不機嫌なショーウィンドウ。不機嫌な花屋のおばさん。不機嫌な私のコート。不機嫌な水たまり。ぐじゃぐじゃの煙草の吸殻。私の涙。不機嫌な郵便ポスト。不機嫌な波止場。けむっている沖。

――感傷的な四つの恋の物語

子どもの頃から、ぼくは花ぎらいであった。花には少女の純情と年上の女の情欲とがまじりあっていて、とてもぼくの手におえるものではない、という気がしていたのだ。

――海も恋する

惨

にんげんの心は鳥籠に入れておくわけにはゆかないものです。ただ、じぶんが惨めになるだけのことですからね。

——ぼくが狼だった頃

悪

悪口の中においては、つねに言われてる方が主役であり、言ってる方は脇役であるという宿命がある。

——人生なればこそ

浴槽で鰐を飼うことにした
鰐は誰をも愛さない
とびきり下品なぼくにはお似合いの
鰐はドレスアップしたままで浴槽に入る
きらわれもの同志で
モーツアルトをききながら
人生の悪口を言おう

——愛さないの愛せないの

七．さよならをください

幸福、希望、約束、さよなら

幸福

幸福と書いていないものは幸福ではありません

——HAPPY DAYS

《幸福の目玉焼の作り方》
フライパンにバターをうすく流します。
幸福の殻《から》を割って、白身と黄身をこわしたり混りあったりしないように
落します。
小匙《こさじ》一杯の塩をふりかける前に、ためいきをそっと一つ。
好きな人の名前をよんでください。
素早く幸福は焼きあがります。
かたちをこわさないで食べるのが、幸福の上手な食べ方の秘訣《ひけつ》です。

——HAPPY DAYS

ジュール・ルナアルの詩のなかの、
わたしの好きな一節。
「幸福とは幸福をさがすことである」

——二十才

幸福を買いにゆくのに
買物籠なんかいりませんよ
幸福は
素手で持ってくるに限る！

——幸福についての七つの詩

世界で一ばん小さな星はコンペイトウです
では
世界で一ばん小さな幸福は？

——HAPPY DAYS

二人のことば
二人の手
二人のモーツァルト
二人の海
二人の歌
二人の夢
二人の故郷
二人の愛
二人ぼっちでいるだけで
しあわせになるあなたとわたし

——かもめ

私の血はたぶんおどろくほど真青で、私の歌はそのなかを泳ぐさかなになるでしょう。幸福はいつでも青で、不幸もまたいつでも青なのです。

——感傷的な四つの恋の物語

出会いに期待する心とは、いわば幸福をさがす心のことなのだ。

——幸福論

私は考える。
「しあわせなら手なんか叩かなくともよい。むしろ、ふしあわせなものたちだけが手を叩きあうことによって、一つの時代の不幸を、ひろくひろくお互いの心のなかまで沁みわたらせてゆくべきではないのだろうか?」

——みんなを怒らせろ

幸福について語るとき位、ことばは鳥のように自分の小宇宙をもって、羽ばたいてほしかった。せめて、汽車の汽笛ぐらいのはげましと、なつかしさをこめて。

——幸福論

幸福ってやつはなかなか手づかみに出来ないが、不幸ってやつはきわめて長っ尻で、しかも人生の隅々までボロボロに食いちぎってゆく。貧乏のつらさ、孤独の耐えがたさというのは、幸福論のとばっちりにすぎない。

——幸福論

幸福についての12の質問

1 それは食べられますか？

2 それは無人島で栽培できますか？

3 それは指さすことができますか？

4 それはフットボールより重いですか？

5 それは川で泳いでいますか？

6 それは目の中に入りますか？

7 それは尻尾《しっぽ》がありますか？

8 それは歯でかみ切ることが出来ますか？

9 それは包装できますか？

10 それはときどきリボンをつけますか？

11 それはノッポですかチビですか？

12 それはロバにまたがれますか？

——HAPPY DAYS

ポケットを探したって駄目です
空を見上げたって
涙ぐんで手紙を書いたって
駄目です

郵便局に日曜日があるように
幸福にだって休暇があるのですから

——幸福についての七つの詩

「幸福というのは　いつもおびえながら　人目をしのんで味わわなければ　いけないものだろうか？」

——犬神

二人で同じ桜んぼを食べることはできる
二人で同じモーツアルトを聴くこともできる
二人で同じホテルで海を見たあとで
二人で同じベッドに眠ることもできる

だが　なぜだろう
二人で同じ夢を見ることはできない

（同じ幸福が二つないとは
何という　神の吝！）

――幸福についての七つの詩

希望

不幸な物語のあとには、
かならず幸福な人生が出番を待っています。

——間奏曲毒薬物語

たとえ
世界の終りが明日だとしても
種子をまくことができるか？

——七篇の詩

あなたは病気にかかっていませんか？　人類が最後にかかる、一番重い病気は「希望」という病気です。

――あゝ、荒野

もし朝が来たら
老人は養老院を出て　もう一度じぶんの仕事をさがしにゆくつもりだった
「苦しみは変らない　変るのは希望だけだ」ということば

――さらばテンポイントのために

両方の目をふさいでめくらになって寂しがってもやっぱり瞼にうかぶものは？　それがあなたの寂しさから救ってくれることでしょう。

――あなたのための人生処方詩集

約束

まだ一度も作られたことのない国家をめざす
まだ一度も想像されたことのない武器を持つ
まだ一度も話されたことのない言語で戦略する
まだ一度も記述されたことのない歴史と出会う

たとえ
約束の場所で出会うための最後の橋が焼け落ちたとしても

——事物のフォークロア

走れメロス。走れメロス。裏切りをおそれていちゃ何も出来ない。約束だけが、一つの時代の変革に力を借すことになることだろう。

——東京零年

さよなら

重さ？
そうだね。さよならだけの重さだと二八〇グラム、瓶ごとの重さだと三五〇グラムだったのではないかと思う。

——船の中で書いた物語

さよならの花。その花たちは、どれもほんのすこし唇をひらいていたが、
何を言いかけているのかは、ぼくにもわからない。

——テーブルの上の二つの小さな恋愛論

「さよならは、ちょっと甘くて、酸っぱくて、辛くて、指先へつけると
ドロッとしていて、ケチャップによく似ていましたな。
しかも色まで、赤かったですからね」

——樅の木と話した

さよならという言葉はどんなかたちをしているか？

——船の中で書いた物語

魚にもシュンの季節があるように、「さよなら」にもシュンの時期がある。目の赤くなってしまったさよならや、鮮度のおちたさよなら、加工されたり、冷凍保存されたさよならは喜ばれない。機を見て、グッドタイミングで言われたさよならだけが二人にたのしい思い出を頒けてくれるのである。

——テーブルの上の二つの小さな恋愛論

ぼくはさよならを言うとき、らに一番力を入れて発音する。らを少し長くのばして「さよならあ」となることもある。なぜなら、離れているときしか、さよならを言わないからである。

——テーブルの上の二つの小さな恋愛論

朝のさよならは、舌にのこった煙草の味だ。シーツの皺。モーニング・コーヒーのカップに沈んだ砂糖。そして何となく名残り惜しく、そのくせ少しばかりの自己嫌悪がともなう。

昼のさよならは、笑顔でできる。すぐまた逢えるような気がする。だが、一ばんはっきりと二人をへだてるのは昼のさよならである。涙は日が沈んでからゆっくりとあふれでる。

夕方のさよならは、一匙のココアだ。甘ったるく、そのくせにがい。夜になったら、また二人は結びついてしまうかも知れないので、ひどく心にもないことを言って早くわかれてしまう。夕方のさよならは、お互いの顔を見ないで、たとえば、空を見たりすることがある。

だから夕焼の赤さだけが二人の心にのこるのである。

夜のさよならは、愛と同じくらい重たい。人たちが皆抱きあっている時間に、「さよなら」を言うのはつらいことである。だが、そのつらさが二人をドラマチックな気分にしてくれるのだ。

――わたしに似た人

――世界じゅうのさよならを全部、なくしてしまえば、だれも別れることができなくなるんだ。

――さよなら村の出来事

貰った一万語は
ぜんぶ「さよなら」に使い果したい

――ロング・グッドバイ

「出会い」はいつでも残酷である。しあわせに見える出会いの瞬間も、まさに「別離のはじまり」であると思えば、むなしいものだ。

――幸福論

ぼくに
さよならを下さい
そうしたらボール箱へつめて
紙ひもでくくって
ハドソン川へ捨ててきてあげよう

——愛さないの愛せないの

ぼくの心のとなりはきみの心です
きみの心のとなりはぼくの心です
では
さよならのとなりは何？

——恋の学校

男はだれでも死について想っている。男にとって「いかに死ぬべきか」という問いは、「いかに生くべきかという問いよりも、はるかに美的にひびくので。

私も、何度か自分が死ぬときの夢を見たことがある。そのとき、あたりにどんな花が咲いていていて、だれがそばに看取ってくれていて、どんな歌がきこえていたか、ということを私は忘れることはないだろう。

——ぼくがぼくであるときのノート話

では皆さん、ごきげんよう。
読んで面白かったら、お便りください。さようなら。

寺山修司
――ぼくの近況

寺山修司　略歴

一九三五年一二月一〇日（戸籍では翌年の一月一〇日）　青森県弘前市紺屋町にて、父・八郎、母・はつの長男として生まれる。

一九四一年（五歳）　父・八郎、出征。

一九四二年（六歳）　青森市橋本国民学校に入学。

一九四五年（九歳）　父・八郎、戦地にて戦病死。

一九四八年（一二歳）　古間木中学校に入学。学級新聞に連載小説「緑の海峡」を発表。中心的なメンバーとして編集作業もこなす。

一九四九年（一三歳）　母・はつが福岡県遠賀郡の米軍キャンプへ出稼ぎにいくことになり、青森県松原町の母方の大叔父に預けられる。青森市野脇中学校に転校。詩、俳句などを精力的につくる。

一九五一年（一五歳）　青森県立青森高校入学。新聞部、文学部に参加。青森の俳句会「暖鳥」「寂光」に入会。「東奥日報」「青森よみうり文芸」「青森毎日俳壇」などに投句が掲載される。青森高校の俳句サークル「山彦俳句会」設立。

一九五二年（一六歳）　手製の自選句集「べにがに」製作。投句に熱中し「学燈」「氷海」などの俳句誌に作品が掲載される。

一九五三年（一七歳）　高校生俳句大会を主催。全国の高校生にむけた詩の同人誌「魚類の薔薇」を編集・発行。自選句集「浪漫飛行」を製作。

一九五四年（一八歳）　俳句誌「牧羊神」を編集・創刊。早稲田大学教育学部国語国文学科に入学。北園克衛の詩誌「VOU」、短歌同人誌「荒野」に参加。連作短歌「チエホフ祭」で「短歌研究」第2回新人賞特選に選ばれる。

一九五五年（一九歳）　混合性腎臓炎のため入院。一旦退院するもネフローゼを発病し再び入院。

一九五六年（二〇歳）　処女戯曲「忘れた領分」執筆。病状は安定せず絶対安静と面会謝絶を繰り返す。

一九五七年（二一歳）　第一作品集『われに五月を』、散文詩集『はだしの恋唄』刊行。

一九五八年（二二歳）　第一歌集『空には本』刊行。ようやく退院。

一九五九年（二三歳）　ラジオドラマ「中村一郎」にて民放祭会長賞受賞。処女シナリオ「十九歳のブルース」を雑誌『シナリオ』に発表。

一九六二年（二六歳）　長編叙事詩「李康順」を『現代詩』に連載。放送叙事詩「恐山」ラジオ放送。第二歌集『血と麦』刊行。

一九六三年（二七歳）　女優・九條映子と結婚。

一九六七年（三一歳）　演劇実験室「天井棧敷」設立。第一回公演「青森県のせむし男」（草月会館ホール）上演。評論集『書を捨てよ町へ出よう』刊行。「毛皮のマリー」（アートシアター新宿文化）上演。

一九六八年（三二歳）　自叙伝『自叙伝らしくなく――誰か故郷を想はざる』刊行。

一九六九年（三三歳）　渋谷天井棧敷落成。作詞したカルメン・マキの「時には母のない子のように」大ヒット。

一九七〇年（三四歳）　実験映画「トマトケチャップ皇帝」公開。九條映子と離婚。

一九七一年（三五歳）　映画「書を捨てよ町へ出よう」にてサンレモ映画祭グランプリ受賞。「邪宗門」「人力飛行機ソロモン」（ともにナンシー国際演劇祭）上演。

一九七二年（三六歳）　野外劇「走れメロス」（ミュンヘン・オリンピック芸術祭）、「阿片戦争」（オランダ・メクリシアター）上演。エッセイ集『家出のすすめ』刊行。

一九七三年（三七歳）　街頭劇「地球空洞説」（東京・杉並）、「盲人書簡」（オランダ、ポーランド国際演劇祭から東京に巡回）上演。

一九七四年（三八歳）　映画「田園に死す」公開。

一九七五年（三九歳）　30時間市街劇「ノック」（東京・杉並）、「疫病流行記」（オランダ、西ドイツ各都市巡回）上演。

一九七六年（四〇歳）「阿呆船」（東京、イラン）上演。麻布十番に天井棧敷館開館。演劇論集『迷路と死海』刊行。

一九七八年（四二歳）「奴婢訓」（晴海国際貿易センターからオランダ、ベルギー、西ドイツ各都市巡回）、「身毒丸」「観客席」（ともに紀伊國屋ホール）上演。映画「草迷宮」公開。

一九七九年（四三歳）「レミング――世界の涯まで連れてって」（東京国際貿易センター新館2階）、魔術音楽劇「青ひげ公の城」（西武劇場）、「奴婢訓」（イタリアのスポレート芸術祭からフィレンツェ、トリノ、ピサを巡回）上演。実験映画「マルドロールの歌」にてフランス・リール国際短編映画祭・国際批評家大賞受賞。エッセイ集『ぼくが狼だった頃』、童話集『赤糸で縫いとじられた物語』刊行。

一九八〇年（四四歳）「奴婢訓」（アメリカのチャールストン・フェスティバルからニューヨークのラ・ママに巡回）上演。

一九八一年（四五歳）「百年の孤独」（東京国際見本市協会B館）上演。詩集『寺山修司少女詩集』、評論集『月蝕機関説』刊行。肝硬変のため一ヶ月間の入院。

一九八二年（四六歳）「レミング――壁抜け男」（紀伊國屋ホール）上演。エッセイ集『スポーツ版裏町人生』、演劇論集『臓器交換序説』刊行。

一九八三年（四七歳） 五月四日、肝硬変と腹膜炎のため敗血症となり永眠。追悼公演「毛皮のマリー」（西武劇場）上演。作品集『現代歌人文庫寺山修司歌集』刊行。

・本作品は当文庫のためにオリジナルに編集されたものです。

本書には、今日の見地からは不適切と思われる語句や表現がありますが、作品発表時の時代背景と文学性を鑑みて発表当時のまま掲載いたしました。

寺山修司（てらやま・しゅうじ）
青森県弘前市生まれ（一九三五〜一九八三）。日本の詩人・歌人・劇作家。演劇実験室「天井棧敷」主宰。青森高校在学中より俳句、詩に才能を発揮。早稲田大学教育学部に入学（後に中退）した1954（昭和29）年、「チェホフ祭」50首で短歌研究新人賞特選を受賞。歌人、脚本家、演出家、映画監督、写真家、エッセイストなど、活動分野は多岐にわたり、世界中で評価された。肝硬変と腹膜炎のため敗血症を併発し、47歳で死去。著書の多くは、現在も変わらずに多くの読者に読み継がれている。『われに五月を』（日本図書センター）、『書を捨てよ、町へ出よう』（角川文庫）、『ポケットに名言を』『不良少女入門』（ともに大和書房）など著書多数。

だいわ文庫

世《せ》界《かい》でいちばん孤《こ》独《どく》な夜《よる》に
寺《てら》山《やま》修《しゅう》司《じ》のことば集《しゅう》

著者　寺《てら》山《やま》修《しゅう》司《じ》

二〇二三年一一月一五日第一刷発行

発行者　佐藤靖
発行所　大和《だいわ》書房
東京都文京区関口一－三三－四 〒一一二－〇〇一四
電話 〇三－三二〇三－四五一一

フォーマットデザイン　鈴木成一デザイン室
本文デザイン　六月
本文挿画　オートモアイ
企画・編集　杉田淳子（ゴーパッション）
編集協力　笹目浩之（テラヤマ・ワールド）
本文印刷　信毎書籍印刷　カバー印刷　山一印刷
製本　小泉製本
ISBN978-4-479-32073-9

https://www.daiwashobo.co.jp